KB237969

섬

이동환 시집

도서출판 지식나무

노을빛 여정에서 만난 언어의 미학

나의 생을 구분하여 보면 무武와 문文으로 나눌 수 있다. 젊은 시절이 뼈를 깎는 "무武"의 길이었다면 후반부는 언어를 칼질하는 "문文"의 길로 가고 있다.

지나간 시간은 얼음 속을 뛰어들고 칠흑 밤 공중에서 맨몸도 날렸다. 목숨을 빼앗는 방법만을 연구하고 살았다. 이제 집착과 버림에서 자유로운 우주를 칼질하는 노을빛 여정 앞에 서있다.

시인의 생은 단단하다. 언어로 영혼을 다듬고 뽑아내는 일은 황무지에 새싹을 돋게 하는 고난이었다. 펜은 칼보다 강하다. 고뇌의 조각품을 단시로 엮어 보았다. 같은 길을 함께 걸어가는 문우에게 의미를 나누려 한다.

2025년 오월에

이 동 환

| 차례 |

2부 시심詩心

3부 자연

4부 언어의 정

5부 기억 애愛

1부 꽃길 愛

가는 허리 곧추 펴
찔림에 핀
넌
끝없는 정열이다

꽃 덤불

참 붉다
붉게 물들었구나

꽃 뿌리
펌프 달아 놓았는가

저리 물감을
쉼 없이 퍼 올려지니

붉어질 수밖에

영산홍

일렁이는
저 분홍빛
뉘 여인 초경인가

피 울음 뿌려 논
꽃 심

개나리 꽃

그놈
노란 주둥이
뾰족이 내밀고 핀
반짝 병아리
코

눈시울 허물어 가는
바람의 길손

오월의 꽃

얼마를 더 견뎌야
한 맺힌 선홍빛 사라질까

참 아프다
솟구치다가 터져 나온
저 아린 선혈

가는 허리 곧추 펴
찔림에 핀
넌,
끝없는 정열이다

유월의 꽃

언덕배기
그 집
하얀 순결 앙증맞다

곱은 햇살에 서린 잎
눈부신 혼백이다

아무도
돌보는 이 없는 유월이면
어김없이 찾아 준
그리움 지킴이기에
더 아름답다

과꽃

철벽 가슴
여름 땡볕에 감추다가
갈 사랑 정열을 품어 낸 순결

빨갛게 붉어 터진
네 입술

들꽃

산들바람에
꺾여버리는 꽃 심
갈 햇살에 쫓겨나
미소 짓는다

내 품
안기다 떠나버린
그리움 한 줌

목련

참 이상도 하지

겨울 가고
봄
오는 날
눈꽃 피다니
맨손 끝 매어 달리다니

쉿
입 막아
하얀 구름 떨어질라

황금꽃

눈앞
외가지 끝
금빛 물결 출렁인다

갈 햇살 나르는
활짝 핀 꽃 미소

빛바랜 은행나무
이파리 무리
무리들

생명

봉당 쓸다가
돌 틈 삐져나온 새싹 보았다
봄볕 기웃거려 돋아난

가녀린 새순 차마
버릴 수 없어
빗자루 비켜 간다

가을 꽃

노란 옷 걸치고
파르르

살포시 내려앉은
이파리 하나

저 홀로 기워내는
환상의 빛

꽃 심

뭘 보려 하는가
눈目으로 보지 말고 심心으로 보시게
우주 한 모퉁이 깨어지는 아픔인데 어찌
거저 보시려 하는가

가냘피 핀 저 꽃잎 하나일지라도
제 살 깎이는 아픔 없이는
절로 된 게 없다네
어디에도 없네

아무 소리 말고
저 오묘함을 보시게

문학

맑게 까발려 논
몸뚱이 하나
발가벗긴 진실이다

자연의 시간을 칼질하다가
언어를 나열하는
멍들이는
생生
영원의 길

2부 시심詩心

내 것 아낌없이
다 내어 주는
저 나뭇가지

설렘

넌
보이지도
만져지지도 않는
그 무엇
들뜬 내 마음이다

심장박동 쿵쾅대는
그 기쁨
꽃 한 송이

사월은

감자 심고
옥수수 심고
딸기까지 심어 낸다

그 시간
땅 거울 비치는
입술 한 뼘

톡 터지는
꽃잔디

그리움 한 입

내 것 아낌없이 다
내어 주는
저 나뭇가지

나도
이 찬 겨울
앙상한 가지 끝
그리움 한 줌
달아볼까

흔적

지워도 지워지지 않는
지울 수 없는
너

오늘
또다시
널 새긴다

어둠

스스로 선택이다

찾아오고 물러가는
아무도 물리칠 수 없는
삶의 이치

동심의
한 페이지

물

알면
높은 데서 낮은 곳으로
아래로의 순종

모르면
낮은 곳에서 높은 곳으로
솟구치는 기상

순결한
겸손이다

나무

순종의 표상이다

오직 한 곳
움직임 없는 묵비권

쉼 바람
곱게 선 절개는
하늘바라기 사랑

달

차가운 마음
그리움

외로워 더 해맑은
이루어질 수 없는 사랑
그 하나

땅

숨죽인 어미 품이다

황사 비 흙탕물까지 다
받아들이는
너는

하늘 사랑 그리고
생명의 잉태다

하늘

늘 푸른 마음이다

그래도 가끔은
찌뿌둥 찌그리기도 하고
천둥소리에 소낙비까지 내린다

그래도 너는 언제나
해맑은 미소

낮달

허연 모가지 잘리고
덩 하니
떠

잘도 헤는구나

그 세월을

상념

파란 하늘 구름 사이
흰 솜 뿌려 놓았나

풍덩 안겨 오는
빈 가슴
그리움 한 가닥

사랑

되돌릴 수 없는 끈질긴
그 힘

넌
천하장사보다
더 세다

3부 자연

노란 저고리 풀고
둥근 망사
덮어 앉으면
숨긴 내 그리움
어찌하오

알밤 · 1

쩍 뱃살 가른다
메스도 없이
저 배
스스로 쨌다

투 욱
옥동자 낳았다
땅 보자기에 안긴
하늘 선물

알밤 · 2

손 가시 품은
엄마 가슴

보름달 뜨니
반겨 온다

툭
속살 내뱉는
네 씨알

개구리

저리 슬피 울어대면
어둠 깨질런가

논두렁 물 배미
어둠 퍼내는 소리

세월만 섧다

은행 잎

노란 저고리 풀고
둥근 망사 덮어 앉으면
숨긴 내 그리움 어찌하오

멍든 가슴 갈기갈기
찢겨 흐르니
바람이 춤을 춘다

낙엽

소리 없이 이는
홀잎 하나

실바람에도 못 견딘
넌

한 잎
가을 사랑

단풍

떠가는 가을 하늘 아래
넘어간 유혹
나뒹구는 방랑이다

너만은 유독
선혈 낭자한 핏빛으로
겨울 바라기

끝까지
떨구어 가려는
잎 하나

뿌리

겉모습 지우려
숲 머리 싹 뚝 잘려 논
너의 순결

북받치는 반항인가
뾰족이 솟아나려는
속 시름만
꿈틀

물안개

산허리 휘감은
너
하얀 손 더듬어 가노라면

나는
네 머리 위
하늘 선녀로 나른다

빙어

흰하게 드러낸
속살 하나

규수 수업 끝내고
쪽방 탈출하려는가

휠휠
물속 가르니

먹잇감

더더 덕
나무줄기 올라타는
청설모

딸기 따가려다
평상 지킴이에 놀라
밤나무 가지 위 째려본다

날 쏘아 보는 까만 눈
에끼 괘씸한 놈
딸기는 내 것인데

더덕 줄기

저는
밤새 솟구치다가
날 새면 추락할 건가

뱅뱅 감겨
뜬 눈
목매려 하니

낙조

한 해가 다다르니
뉘엿뉘엿
상념이 진다

붉게 물들인
저 눈

소낙비

저처럼 나도
그리움 가득 뿌리다가
시원함 안고

누군가 찾아가 만나고
싶다

고사리

그 옛날
어미가 굽어 꺾던 고사리
한 세월 가
그 아들 거기
서서 꺾네

고사리는 그대로인데
어미만
나 되어 꺾이네

난청

어스름 논둑 길 가는
눈 그림자

못자리 물 바람에 뜬
달덩이 하나
일렁이니

슬피 우는
저 개구리울음
소리 소리들

4부 언어의 정

옛 흔적 물씬
풍겨 오는
정겨운 토담집
거기
거기였어

그날에

만일 내가
그리움의 찻잔이 되어 온다면

난
보고픈 마음 한 스푼 타

널 품어
마시겠지

이별

철 지난 가을비
여름내 달구어 논 사랑
휘감고 흘린다

알 길 없는
갈림길 속
쓰린 뼈 울음

기다림

나는
보고픔 모두 팔아
그리움 산다

수익금은 알 수 없는
너의
그 미로

옛 추억 찾아

나를 사로잡는 미각의 길
바로 너
나들이 숨결이 깃든 곳

옛 흔적 물씬 풍겨 오는
정거운 토담집
거기
거기였어

금파트

가을 산
참 신통하다
때때로 옷 차려입고
시집가려는지

아침 오르고
저녁에 또 오른다니
울상이다

너만
옷 갈아입고
쉼 없이 오른다면

임 마중 가던
서민은 널
밀어낼까 두렵다

너와 나

너 보고파 하면
나 그리움 일고
나 그립다 하면
너 기다림 인다

그대여

그립다 외친 사랑이여
보고파 터진 가슴이여
한줄기 눈물로 부르던 이름이여

곱게 안긴 진실
하나에
내 순결을 묻는다

허용

훤한 너의 속살
상념만 가득 채우다가

덜컹
올무에 걸린다

염불

저 울리는 목탁
중생의 소리인가

정작 부처는 말이 없는데

인간 스피커만
요란을 떠니

짝

소리 없이 이는 실바람
들꽃 향기 피어 나르니
내 널 마주한다

덤

시간 가득 채우니
쭈그러진 주름만 남는구나

세월에 익은
삶

너에게 돌려줄
생 보너스

짝사랑

곁 길 사랑이다
상대를 마음껏 고를 수 있고
돈도 시간도 안 들이고
끝내고 싶을 땐
언제든 마음대로 끝낼 수 있다

시작도 끝도
없는
그 사랑 참 좋다

키스

너는
생명 키우고
영혼을 불사르다가
끝내
내 사랑 고리를 걸어 매는
너의 입술 끝
그 촉감

5부 기억 애愛

나의 생애生涯는
지름길 돌아
네게로 온
단 하나
애음 길이다

길

너에게로 가지 않으려고 미친 듯 걸었던
그 무수한 길도
실은 네게로 향한 마음이다

……

나의 생애生涯는
지름길 돌아 네게로 온
단 하나
애음 길이다

절규

영혼 없는 예술이다

프랑크푸르트 역사 뒤
웅크린 환청
애끓는 망상의 흔들림이다

담배 연기와 지린내로 가득 찬 골목
무대를 배경 삼아
약물과 알코올에 절여진 초라한 몸
홀로 율동을 써 내려 간다

저들 영혼을 끄집어내면
못 듣는 귀로 고뇌의 명곡을 짜낸
베토벤이거나 공황장애에 시달리다가
강렬한 색채로

수 만점 화폭에 담은 뭉크의 명화처럼
예술의 후예를 이어가려는
망상이 좌절에 젖어
공포를 떨쳐버리겠다는 자연적 비명일 거다

고대 건축 도시로 거듭나게 한
골목 모퉁이에서 펼쳐지는
예술의 시달림은 한편의 실천 드라마
핏빛으로 물들이며 소리치는
고난도 밧줄의 극치다

끝없는 저 몸부림 명작은
아직 진행형이다

융프라우 신비

태고의 신비를 품었다
좁은 영혼의 시야가 애석하다

숨겨진 비밀 각색하여 보면
애초 작은 입자 하나 깨어
작은 알갱이가 되고 다시 익은
구름의 씨앗은 얼음에 덮어
껍질이 녹아내리는 속내였다
어떤 것으로도 기억해 낼 수 없는
비명이 빙산을 품다가
아래로 돌아가겠다는 시도다

구름의 경작은
일찍이 억겁의 시간에 하얀 속살을 꺼내들고
각기 다른 색깔과 모양을 토해내다가

천 미터 절벽 아래로 풀어지던 물기둥 입자가
오색 무지개를 만들어 뿌려낸다

저 빙하 씨앗은
언제부터였나

더듬어 올라가는 알프스 산골
어디쯤에서 캐내는
비밀의 소리 미세하다

매듭

칠흑 벌판을 건너는
족파족 여로다

설상을 타고 넘은 끝 바람
태어남이 곧 끝맺음이다

떠남과 남겨짐으로 이어지는 생
아득한 갈색 고지 민둥산에서 영하 40도 고난을
견디다가 초원을 찾는 긴 인연의 끈
또다시 떠나야 하는 긴 이별의 미로다

한 달 치 식량 앞에 고개 숙인
고립된 일상이 생존에 끌려가는 일
슬퍼할 기운도 없다

나도 이렇게 떠났으니
누굴 탓하랴 울컥
표정이 눈물겹다

노인의 눈
먼 길 떠나는 정적만이
빈 허공을 친다

뺄 셈

어둠이 시간을 깬다
신 새벽이다

차마 거들떠보지 못하고
지나쳐버린 흔적이다

새벽 기도에 저린 몸
거실, 이불 속 웅크림을 본다

검은 물체 잰걸음 칠 순간 인기척이다
"밥솥 꽂아줘요"
이내, 코드 꼽고 버튼 누르자
팔랑개비 눈금이 고요를 가르며
밥 익는 구수함이 코끝을 친다

얼마 만인가
훌쩍 지나쳐버린 누더기
네 번 강산에 더하기 한 번이다

되돌리는 내면이
겨우 한번 줄이기라니
덧셈 뺄셈의 끝날은 언제일까

먼 늦깎이 곁 눈질
새벽은 값지다

아내의 반격

아내의 외출은 긴장이다

달리는 차 안에서 외침이다
다급한 목소리다 차 멈춰 핸드폰 놓고 왔어
아내의 말끝에 남편이 폭발한다
뭐야, 자기 것 하나 못 챙겨
어디 대고 큰 소릴 쳐
그 성질머리 정말 못 말려
제대로 하는 게 뭐 있어
순간 드러난 남편의 거친 속내였다

아내 내면을 풀어보면

너만 잘났어 난 부족해 그래도 면회 갔었어
그 먼 거리 단숨에 달려간 거야

용인서 차타고 서울로 가 마장동 버스에 몸 싣고

양평 홍천을 지나 전방 검문소 원통까지 찾아가기도 했어

흙먼지 뒤집어쓴 채 온종일 갔단 말이야

오직 널 보려 설렘 가득 안고 다녔어

얼마나 먼 거린지 알아

그때마다 부모님은 내 눈치만 살폈어

언제 결혼할지 묻지도 못한 채

난 대답 없는 눈 감음이었어

그렇게 긴 기다림 알기나 해

알기는커녕 내게 한 말 생각나 얼마나 속상한지 알아

지금 말이지만 인간이 할 말이냐고

말해 봐 면회 온 내게 다른 데 선보겠다는 그 말

내게 할 말이냐고, 어이없고 기가 차 눈물만 났어

지금 생각해도 너무 속상해

난 그 수모도 참고 살아 냈어

그리곤 네 아들 셋이나 나 키워 줬어

이만하면 잘 산 거 아닌가

내게 뭘 또 바라는 거야

급한 성격에 핸드폰 못 챙겼다고 날 멸시해

너만 잘났어 나도 할 만큼 했어

이제 말하지만 내가 뭘 못 했다고 말끝마다 잔소리야

같이 산 호흡도 강산이 다섯 번이나 바뀔 만큼 변했는데

그만 좀 해 내 죄가 있다면 널 사랑한 죄밖에 없어

그리고 아들 며느리 손주 11명 가족을 위해

끊임없이 기도한 죄밖에 없다고

생각해 봐 지금까지 거둔 결실이 이것뿐이야

아직 난 널 아끼고 사랑하는 마음 변함이 없어

아니 끝까지 사랑할 거야

내 약점이랑 조금만 덮어주며
아껴주기 바라는 간절함이야

그래 너는 모진 요동에도 변함없이 나를
꼭 안아 주고 아껴주었어
그 내면의 기억으로 되돌려 줄게
언제까지나

감옥

자유를 갈라 논
둘레의 선

가두어 논 육체보다
벗어난 영혼의 자유가
더 아프다

보일 수 없는 고통이
어둡다

해운대 연가

하얀 물거품이 백사장을 몽땅 삼켜버렸어
이걸 어쩌나
켜켜이 묵은 세월 때 다 씻겨 버리니
절로 핀 그리움이 솟구쳐 오는 걸

20대 초반일 적, 두 사내가 해운대 백사장 걷는데
저만치서 낯선 여인이 시야를 가렸다는 거야
늘씬한 몸 긴 생 머리 둘 쏙 한눈에
이게 웬 콩떡인가
참새가 방앗간 그냥 지나칠 순 없는 일
딱히 갈 곳 없는 휴가길 걸려든 횡재수
음 순간 흑심이 발동한 거야
누가 먼저랄 것도 없어,
내숭 긴 음흉은 허락 없는 약조로
너 나 손가락 걸고 다음 날 화살촉 날렸다지

쏜살같이 달려온 방패의 그 끈
믿거나 말거나 숨겨 둔 실토라네

굳은 삶 튼실하게 살아 낸
대장부는 산 생명 손도 못 대지만
여복 벗 삼아 닭 모가지 비틀고
설거지 도맡아 한다는
일갈의 푸념에도 듣는 여심은
내내 잠행과 침묵으로 일관
그 앙칼진 목청은 다 어디 갔나
한걸음에 달려 나왔던 다방은 또 뭐람

해묵은 씨앗
그 논쟁 쏟아 낼 날 언제일까
한 획 돌아 오면

숨은 진실 터질런가
다 까발려 논 해운대 연가는
끝내 침묵하고 철지난 눈총에 운다

어느 피아노 원장님의 이 슬픔을

이름은커녕 얼굴조차 모릅니다
한번 본적도 없으니까요
그 원장님이 슬픔에 들었다는
소식을 듣게 되었어요.

무슨 연유인지 모를 이유로
얼마 전 남편마저
먼저 떠나보냈다고 하더니
이제는 자신이 그 아픔에 들어
절망의 나락에 매달려 있다고 하네요
그 상심 얼마나 클까요

꾹꾹 억누른 아픔
남모를 고통의 길 가는
원장님은 많지 않은 나이(47세)에

피아노 학원으로
두 아들 보살피며
곤곤한 삶을 이어오는 중이었답니다

그런데 얼마 전 아내(권사)가
새벽 기도를 마치고 나올 때
교회 사모님이 기도 부탁했다는 거예요
순간 의구심 들었지만
차분한 말씀에 곧 알게 되었답니다
 "언니 언니가 힘든 지경에 처해"
믿어지지 않은 현실의 기도 부탁이었으니까요

사실 언니는 큰딸로서
암으로 아픈 친정 부모님 간호를 하다
모두 하늘나라로

보내드린 효심 많은 착한 딸이었다고 해요
그래서 암의 고통을 누구보다
잘 안다는 것이었죠
뿐만 아니라 먼저 떠나간 그 남편
빈자리 채우기도 버거웠는데

또 본인까지 힘겨운 일 생겨났다고 하니까요
-어찌 이런 일이-
너무 안타까움에 숨 막힐 지경이었지요

처음 겨드랑에 멍울이 만져질 때만 해도
반신반의했는데 병원에 갔더니
큰 병원으로 내심 오진이기를 바랐지만
재차 대학 병원에서의 진단은
너무 큰 절망만이

4기(말기 암)로 수술마저 거부된 채
요양원으로 가야 할 상황이라는 겁니다

어떻게 해요
자신과 외로운 결투가
시작되었으니까요
본인 생계 수단이던 피아노 학원도
다른 이에게 넘겨야 하는
두 아이도 돌볼 수 없는 막막함은
누구도 대신할 수 없는
그 절망 자체였답니다

좌절과 절망의 짐
홀로 무거운 짐을 지게 된 겁니다
누군들 그 상황 거부할 수 있을까요

올곧은 삶 믿고 의지하던
하나님마저 때론 원망이 될 수밖에요
"어찌하여 네게 이 고통을 주십니까"
원하신다면
"절망의 쓴 잔을 내게 거두어 주십시오"
간절한 기도마저 드렸겠지요
오직 기도만이 생명의 끈이 되었습니다

매일 늦도록 공부에 시달리는 어린 것들
두 아들 장래는 또 어찌 될까요
되돌리지도 못하는 고통의 쓰라림은
안쓰럽고 또 안타까울 뿐입니다

할 수만 있다면야 그 아픔 도려내 주시기만을
간절히 기도드립니다

그 누가 알리오. 나락으로 떨어져 내리는
저 어둠의 절망에서
하나님은 이기지 못할
절망은 주시지 않으신다고 하셨지요
그래요 어떤 목적인지는 알 수 없으나
그분 뜻임은 틀림없으니까요

지금 수술도 할 수 없는 진단으로
요양 중이지만
분명히 뜻은 있을 겁니다

기적 이런 곳에 기적은 일어나겠지요
주시는 이도 이루시는 이도
오직 그분이시니까요
기적이란 믿음으로 쾌히

일어나 승리하리라 확신합니다

이름 모를 원장님
너무 염려 마시고 조금만 더
기도로 준비하고 기다리세요

쉬 일어나면
보다 더 밝은 모습으로
남은 삶
주님 이름으로 개척하시리라 믿습니다

이름 모를 사모님의 맑은 눈물
고운 찬양이 되어

작은 시골 교회 주일 예배 시간입니다
찬양의 순서였습니다
어느 사모님이 나와서 찬양을 부르십니다
서둘러 일손 놓고 예배 오신 듯
단아한 모습이지만 나이로 치면
육순은 훨씬 넘긴 듯
시골 할머니와 별반 다르지 않았습니다

곧 피아노 반주에 맞춰
찬양이 들려올 때였습니다
순간 눈이 번쩍 귀를 의심하고 말았습니다
맑고 고운 찬양이었기 때문이었습니다

나이에 걸맞는 그 곱고 청량한 음률
어디서 나올까요

어떻게 나오는지요
예사롭지 않았습니다
너무 고운 천상의
아름다운 찬양이었기에 말입니다

뿐만이 아니었어요
사모님은 두 손 가지런히 모으고
주님 받들 듯 맑은 표정은
마치 천성을 향하여 날개치는 듯
천사의 손짓과 다름없었습니다

온몸 선율로 드리는
아낌없는 찬양이었기에 말입니다
곧 멀뚱한 시선은 고정되고
절로 귀가 쫑긋 세워지고 말았지요

한 소절도 놓칠세라 저려오는 순간
떨림이었으니까요

그래요 사모님의 길고 긴 고난의 길
그 굴곡진 길 걸을 때 오직 찬양만이
기도의 삶이었다고 하니까요
하늘과 땅 어디에도 몸 둘 곳 없이
거리를 헤매다가 기력 잃고 쓰러질 때도
오직 찬양의 그 끈만은 꼭 잡고
벼랑 길 가곤 했다니까요

남모를 뼈 울음 얼마나 아팠을까요
그 눈물 청아한 울림으로 익어 올 때까지
좌절과 절망 앞에서도 찬양으로
견디신 뼈 아픔의 산물

눈물로 빚어낸 떨림이었습니다.
표정 하나 가는 선율 하나까지도
그 아픔이 절절하게 베어 있었습니다
그 간 남들 비웃음 미쳤다는 말
눈총의 숨김까지도
이제 벅찬 기쁨의 찬양이 되어
온몸으로 흘러 퍼졌으니까요

이 세상에서 가장 값진 선율
바로 하늘나라의 상급입니다
말없이 눈물로
부르는 아름다운 찬양을
이제는 천성을 향하여
교회 구석구석까지 불러 주세요
오래 울려 퍼지길 기도드립니다

이전부터 기뻐 받으셨을 주님
늦은 선물 주심에 감사드립니다

큰 은혜 받으신 사모님
언제든 변함없는 감사 찬양으로
영혼 가득 채워주세요

무거운 짐 벗고
이제 면류관을 쓰셨으니

내가 너의 이름을 불러주기 전에는
너는 다만 흔들리다가
불구덩이에 던져지고 마는
한 줄기 가라지 풀에 불과했습니다

내가 너의 이름을 불러주었을 때
너는 내게로 와 비로소
내 몸의 지체가 되고
내 이름을 위해 영광을 드러냈습니다

한 세대를 훌쩍 넘긴 70여 년 전
낮은 동산 옥산 뜰 여기에
일찍이 하나님의 부름받은
성전이 세워지고
몇 명 집사님이 초가에 모여

창립 예배로 복음의 씨를 심었고
그 무렵 새 생명(이은기, 박원석, 이익주)도
함께 세상의 빛을 보았습니다

어머님의 기도로 나고 자란 어린 양은
네발로 기면서 성경을 핥고
두 발로 걸으면서 주일학교 문턱을 넘고
청년기에는 종탑에서
울려 퍼지는 복음으로 양육되고
장성이 되었습니다

장년이 되고 시무장로와
권사의 택함을 받고는
온몸 드리는 봉사의 길이었지요
올곧은 사명 하나로

주님만을 위하는 헌신이었습니다
부름받아 나선 고난의 길
외길 갈 때에 때론 남모를
고통의 눈물도 흘리셨고
제 몸 찢기는 아픔도
홀로 감내하는 인내의 쓴 잔이었습니다

이제 주님 사명 감당하시고
영광의 면류관을 쓰셨으니
이는 하늘나라 상급이요
옥산 교회 큰 영광이자 두 장로님
권사님의 자랑입니다

그리고 우리 모두에게
큰 기쁨이 되었습니다

이보다 더 큰 축복이 어디에 있을까요
또 어디서 찾을 수 있을까요

모두 영광의 박수를
두 장로님과 권사님께 보내주시면 어떨까요
짝 짝 짝……-

일평생 물씬 풍겨나는 복음으로 내 갈 길
다 지키신 두 장로님 그리고 권사님
무거운 짐이랑 이제 내려놓고
쉬엄쉬엄 남은 길 가세요

가장 낮은 겸손이랑 향기까지
그 남김이랑 우리가 이어가렵니다
이 한 몸 다 바쳐 성전의 기둥 삼으셨던

이은기 박원석 원로 장로님
그리고 이익주 명예 권사님
그간 수고 많으셨습니다
그리고 감사드립니다

-2013년 11월 24일-

옥산 교회 명예 장로님(장로, 권사 은퇴)추대 날에,

그대 가슴에
찔레꽃 향기가 숨어있어

그대 가슴엔 온화한 찔레 꽃
향기가 숨어 있어요
그 향기는 눈에 보이지는 않지만
그가 품은 청순함만을 꼭 간직하고 있어요

언제나 은은하게 허공으로 퍼지며
나르고 있으니까요
찔레는 하얀 꽃 몇 잎에
노란 꽃 술만 소복하게 솟아 있어요

줄기엔 손끝 찌르는 가시도 나 있어요.
가시에 찔리면 피가 나고
곧 아파 오기도 하지요
그래서 찔레는 보일 게 없는 꽃이라
부르는지도 모를 일입니다

그런 찔레가 어느 산골 마을에
새순으로 돋아났대요
아주 오래전 강원 하고도
평창 고개를 넘어 한참을
더 간 들둔 말 어귀에 피었다 해요

위로는 오빠를 두고
아래로는 동생을 몇 둔 가운데
줄기에 돋은 가시처럼요

가난의 설움인가 아버지 사랑도
많이 받으며 자랐다고 해요
유독 남에 지기를 싫어하는
찔레의 성품은
봄이면 산나물도 캐고

화전 밭을 일구며
가을 곡식까지 거두다가
찬 겨울 눈바람 칠 때
남 먼저 새벽 용물도 퍼 오곤 했다고 해요

어쩌면 가난이 만들어 낸
억척의 산물인지 모를 일이지요
처녀 고개를 넘어온 후론
한 남편의 아내로 세 아이 엄마로
세상을 일구며 살아 냈다고 해요

본을 받은 세 아들도 누구보다
앞서고 위로 오르며
장성하여서는 주변을 살피는
단단한 가정을 이루었다고 해요

어때요 찔레의 삶은
가시에 찔리는 아픔만이 보였나요

진하게 퍼지던 향기는 어떻게 하고요.
열악한 환경을 넘어
넉넉한 삶으로 가꾸고
이어 온 진한 향기의 꽃

그 꽃향기가 바로 여기에 있습니다
70고개를 넘어
기나긴 숨결로 피어 난 꽃
어서 그 향기를 맡아 보세요

모두 그 꽃향기에
큰 박수를 보내주시면 어떨 까요

반갑습니다

그리고 감사합니다

모두 모두 건강 행복하세요

-2013년 4월 20일, 수원 라마다 호텔에서-

(고희를 맞이하는 이영자 권사님께)

"예송 100일 기념" 행복을 짓다

초롱 눈망울 별 반짝인다
방글 동그란 미소짓는다
행복 가득 기쁨이 살포시 열린다

예송 100일 기념 날이다

언덕배기 산수유 꽃
노랑머리 풀어 향기 나르고
길가 민들레 꽃
함초롬히 머리 올려
마음 담는다
아니 배꽃 밭이 화사하니
온 천지가 하얗게 변하였구나

참 좋은 축복 날이다

우린 모두 안다
까만 눈망울 속 비치는
네 작은 진실을
화들짝 손 휘젓는 몸놀림
그 표정이 서림이다

우린 알고 있다 모두 다 안다
내가 너에게 네가 우리에게
그 말 없이도 안다

사랑 가득 행복임을
기쁨은 너로 말미암아서
온 가정의 축복을 받았으니까

"예송" 이 세상 온 백일 날 할아버지가

독자와 함께 시를 읽는 즐거움

우한용(소설가, 서울대명예교수)

1. 시인을 만난 인연

평창군과 서울대학교가 함께 개설하는 글쓰기 강좌에 강사로 초빙되었다. 즐거운 일이었다. 나를 기다려주는 분들 앞에 가서 내가 이야기할 수 있는 것은 얼마나 즐거운 일인가. 한편 긴장이 되기도 했다. 수강생 가운데 등단한 시인들이 있다는 것이었다.

시인들이라면 글쓰기 전문가들 아닌가. 전문가들 앞에서 글쓰기 이야기를 한다는 게 가당키나 한 일인가. 나를 긴장하게 한 시인 가운데 한 분이 이동환 시인이다.

이동환 시인한테 〈길 잃는 시 한 구절〉이란 시집을 받았다. 읽어보니 작품이 깔끔했다. 강의를 돕도록 유도하기 위해 시를 읽어보라 했다. 이동환 시인은 내 제안을 순순하게 잘 따라주었다.

시집을 받은 다음 주였다. 중간 휴식시간이었다. 요즈음은 어떤 시를 쓰는가 물었다. 이동환 시인은 쑥스러운 표정을 지으며 말했다.

"짧은 시들을 정리해서 시집을 내려고 준비하고 있습니다."

"그래요. 시는 짧아야 합니다."

서정시의 본질 시가 짧아야 한다. 언어의 압축성을 생각하던 중에 하는 얘기였다. 물론 은유가 짧은 시의 원리라는 걸 함께 생각했다.

"교수님, 어려우시겠지만 제 시집에 짧게 한마디만 써 주세요."

짧은 글 쉬운 줄 아시나 짧은 시 읽고 짧은 글 쓰는 게 얼마나 어려운데…. 혼자 하는 속생각이었다. 결국 글을 메일로 보내면 읽어보고 글을 써주겠다고 대답했다.

응낙은 쉽다. 그러나 그 실천은 늘 호락호락하지 않다. 며칠 집중해서 읽고 또 읽었다. 그것은 내가 다른 독자가 되어 글을 읽는 일이었다. 나처럼 이 시집을 읽을 독자들을 생각하니 즐거워졌다. 이동환 시인의 시를 매개로 내가 다른 독자와 연관을 맺게 되기 때문이다. 작품 가운데 '짧은 시'를 중심으로 읽어보기로 한다.

2. 시인이 바라보는 세상은 늘 놀랍다

사람들은 가끔 묻곤 한다. 당신은 왜 시를 쓰는가? 나는 그렇게 대답한다. 시인의 눈으로 보면 세상은 놀라움으로 가득 차 있다. 그 놀라움에 이끌려 시를 쓴다는 대답이다.

그런 놀라움을 발견하는 것은 세상을 바라보는 창구窓口를 가지고 사는 일이다. 창구란 일종의 감각 '기관apparatus' 같은 것이다. 이전 경험으로 말하기로 한다. 여행 갈 때 카메라를 가지고 다니는 사람은 다른 동행들이 못 보는 풍경을 발견한다. 그리고 그걸 사진에 담는다.

우리는 그가 찍은 사진을 보면서 내가 그저 스치고 간 것을 안타까워한다. 저런 게 거기 있었단 말이지. 카메라가 있었기 때문에 발견되는 풍경 그것은 카메라를 가지고 있지 않을 때에 비해 커다란 놀라움을 불러일으켜준다.

시도 마찬가지이다. 시는 놀라움에서 출발한다. 놀라움을 대단하고 거창한 걸로 생각할 필요는 없다. 눈여겨보면 우리 주변은 신기하기 짝이 없는 사물과 놀라운 일들로 가득 차 있다. 놀라움을 의식하지 못하고 지나갈 뿐이다. 심지어 매일 매일 아무 탈 없이 지나가는 것조차 놀랍지 않은가. 고단한 일과 끝나고 삼겹살에 소주 한잔 하는 그 일상도 생각해 보면 놀랍다.

누군가 소주를 고았고, 돼지를 길러 잡았고, 돼지가 도살될 때 느꼈을 고통을 생각하면, 아무렇지도 않게 불판에 삼겹살을 올려 자글자글 굽고 있는 나의 무심함이 놀랍다. 삼겹살 구우면서 내게 소주잔 권하던 당숙 어른 생각을 하

면, '삼겹살 불판에 삼십 년 세월이 노릇노릇 익
는다.' 그렇게 표현하면 시가 된다. 이 시집의 첫
장이 '꽃길 애愛'라는 소제목을 달았다. 그 가운
데 '과꽃'이라는 작품이 눈에 띈다.

철벽 가슴
여름 땡볕에 감추다가
갈 사랑 정열을 품어 낸 순결

빨갛게 붉어 터진
네 입술

시골에서 살아본 이들은 과꽃에 많은 추억을
가지고 있을 듯하다. "올해도 과꽃이 피었습니
다." 그렇게 시작하는 노래를 많은 이들이 기억할
것이다. 일년초 아주 소박한 꽃인데, 외할머니가
어머니와 마당가에 심었던 꽃, 충청도에서는 이
꽃을 '배추국화'라고 했다. 이런 소박한 꽃을 시
의 소재로 삼은 것은 과꽃에 대한 애정에서 오는
놀라움이다.

놀라움은 소재 자체에서만 오지는 않는다. 소재를 바라보는 시각이 이전과 달라야 놀라움이 돋아난다. 그리고 놀라움은 유사한 소재나 발상을 연결하는 데서 오기도 한다. "누나는 과꽃을 좋아했지요." 그렇게 노래하다가 '꽃밭에서' 라는 동요를 떠올릴 수도 있다. "아빠하고 나하고 만든 꽃밭에 나팔꽃도…" 아빠랑 꽃밭을 만들었다는 추억을 불러오면서 연상망은 넓어진다. 정훈희는 노래한다. "꽃 밭에 앉아서 꽃잎을 보네. 이렇게 고운 빛은…" 놀라움은 다른 놀라움을 불러온다.

3. 놀라움을 노래하는 언어형식

놀라움은 주변의 잡다한 맥락을 지워버려야 선명하게 드러난다. 그림과 글씨를 평하는 구절로 이런 게 있다. "화법유장강만리畵法有長江萬里 서세여고송일지書勢如孤松一枝" 이 구절을 추사가 작품으로 만들어 더욱 유명해졌다. 그림을 그리는 뛰어난 방법으로 말하자면 장강(양자강)이

흘러가는 것처럼 아기자기하고 도도해야 한다.

　잘 쓴 글씨는 늙은 소나무 가지가 세월을 말해
주듯이 맺고 퍼지는 기세가 있어야 한다, 대개
그런 뜻이다. 이를 산문으로 설명하자면 긴 지면
이 필요할 것이다. 그런데 이에서는 화법과 서세
의 특이점만 확연히 드러내었다.
　우리들의 의식을 희미하게 하는 배경을 지우
고 알맹이만 말하는 게 짧은 시에서 구사하는 언
어 기법이다.
　"사월은"이라는 작품이다.

　감자 심고

　옥수수 심고

　딸기까지 심어 낸다

　그 시간

　땅 거울 비치는

　입술 한 뼘

톡 터지는
꽃 잔디

봄이 되어 하는 밭일은 사실 농촌에서는 일상
이다. 감자, 옥수수, 그리고 딸기를 심다가 문득
밭둑 저쪽 바라보니 '꽃잔디' 가 붉은 입술 한 뼘
땅에 걸쳐 놓은 듯 눈에 들어온다. 화단을 장식하
거나 언덕을 물들이는 꽃잔디는 흔하다. 그러나
내가 밭일을 하다가 문득 발견하는 꽃잔디는 땅
이 거울을 비추는 모양으로 다가온다. 그 입술 한
뼘처럼 접근하는 꽃잔디는 조용히 누워 있는 게
아니라 툭 소리를 내며 붉게 터지는 모양으로 현
현한다.

대상의 인상을 포착하고 그것을 다른 매체
로 전화하여 파악하는 일 자체는 놀라움을 자아
낸다. 소재를 가공하는 언어의 힘이 이런 데 있
다. 시적 발상은 근본적으로 대상을 다른 데로 전
화轉化하는 데서 출발한다. 이는 은유의 원리이
기도 하다. "낙조" 라는 작품을 보기로 한다.

한 해가 다다르니
뉘엿뉘엿
상념이 진다

붉게 물들인
저 눈

낙조落照는 저녁노을이다. 저녁노을은 하루 해가 질 무렵 서쪽 하늘에 뜬다. 저녁노을은 '상념'이 된다. 그런데 그 상념은 붉은 눈으로 변신한다.〈해 = 상념 = 눈〉이라는 등식이 성립한다.

이는 다시 풀자면 해는 상념이 되고 그 상념은 붉게 물든 눈이 된다. 이처럼 존재의 위치를 오르내리며 존재의 변환을 거듭하는 것이 메타포의 기본 원리이다. 가슴에 대못을 박고 떠난 임이라고 노래할 때, 그 원리는 은유다. 가슴에 열불이 난다는 표현 또한 그런 영역에 속한다.

우리는 일상 언어생활에서 수많은 은유를 동원한다. 다만 그게 은유라는 의식이 분명하지 못

할 따름이다. 이는 문학의 실체를 체현하고 산다기보다는 문학의 속성을 언어로 전환해서 운용한다는 뜻이다. 그만큼 문학과 삶은 가까이 있는 셈이다.

4. 늙지 않고 사는 방법

평생을 잘 닦으면서 산 분들은 늙어서도 눈망울이 해맑다. 호기심으로 반짝인다. 진지하면서도 웃음을 잃지 않는다.

전에 내가 아는 화가가 전시회를 열었을 때였다. 그 전시장을 방문했을 때, 동요 〈반달〉을 작사한 윤극영 선생을 만났다. 작은 가방을 메고 그림을 보고 있었다. 한참 그림을 보다가 화가를 불렀다.

"내가 나이를 먹어 잔글씨가 안 보입니다. 이 그림 제목은 뭐고 무슨 내용을 그린 거요?" 잔잔하고 또랑또랑한 목소리였다. 옆에 서서 그림을 보고 있는 나를 향해 한마디를 던졌다.

"많이 보고 깊이 생각하시오. 젊음은 아름답다오."

나는 고맙다는 인사를 하면서 윤극영 선생의 얼굴을 올려다보았다. 눈가에 웃음이 흐르는 눈에서는 거의 영롱한 빛이 반짝였다. 흰자위는 소년처럼 해맑았다.

이동환 시인이 이번에 내는 시집의 표제작으로 되어 있는〈덤〉이란 작품을 보기로 한다. 덤이란 본거래가 끝난 뒤 얹어주는 물건을 말한다.

시간 가득 채우니

쭈그러진 주름만 남는구나

세월에 익은

삶

너에게 돌려줄

생 보너스

누구나 어떤 연령에 달하면 얼굴에 주름살이 남는다. 그런데 생각해 보면 그 주름잡힌 얼굴은 세월을 견디며 덤처럼 얻은 몫이라고 생각한다. 그래서 그 덤을 너에게 돌려줄 '생 보너스'가 된다는 것이다. 얼굴은 주름이 잡혔지만 마음은 편하고 눈은 맑은 모양을 생각하게 한다.

우리 시대 문명을 이끌어가는 동력 가운데 하나로 부각된 것이 인공지능(AI)이다. 인공지능을 잘 이용하기 위해서는 호기심과 경이감을 유지해야 한다고 한다. 그리고 호기심의 항목을 연결할 수 있는 교양이 필요하다는 점을 강조한다.

교양은 부단한 자기 수련을 통해서 얻어지는 인간의 품성이다. 이렇게 사는 분들은 나이를 먹지 않는다. 천진하다. 그리고 너그럽다. 나아가 눈이 맑다. 그러한 전형을 우리는 시인에게서 발견하게 된다.

아무쪼록 이동환 시인이 늙었다는 이야기하지 말고, 호기심 가득한 눈으로 세상을 바라보고, 그 가운데 경이감 일렁이는 나날이 이어지길 간절히 바란다.

덤

초판인쇄 / 2026년 02월 25일
초판발행 / 2026년 02월 28일

지은이 · 이 동 환
펴낸이 · 김 복 환
펴낸곳/도서출판 지식나무
출판등록/301-2014-078호
서울시 중구 수표로 12길 24
Tel.(02)2264-2305
값 10,000원

평창군 평창유산재단
PyeongChang Heritage Foundation

* 이 책은 평창유산재단의 2025년 문화예술육성지원사업으로 추진하는 사업입니다.